KB183629

蓮歌
연 가

蓮歌 연가

초판 1쇄 인쇄 2024년 11월 20일
초판 1쇄 발행 2024년 11월 20일

지은이 김종환
題字 湖山 李壽鎭
펴낸이 백대현
펴낸곳 도서출판 정기획(Since 1996)
출판등록 2010년 8월 25일(제2010-000003호)
주소 경기도 시흥시 서촌상가4길 14
전화번호 (031)498-8085
팩스번호 (031)498-8084
이메일 cad96@naver.com

편집/제작 (주)북랩

ISBN 979-11-93579-05-3 03810 (종이책)
979-11-93579-06-0 05810 (전자책)

김종환 시조집 **(제7시집)**

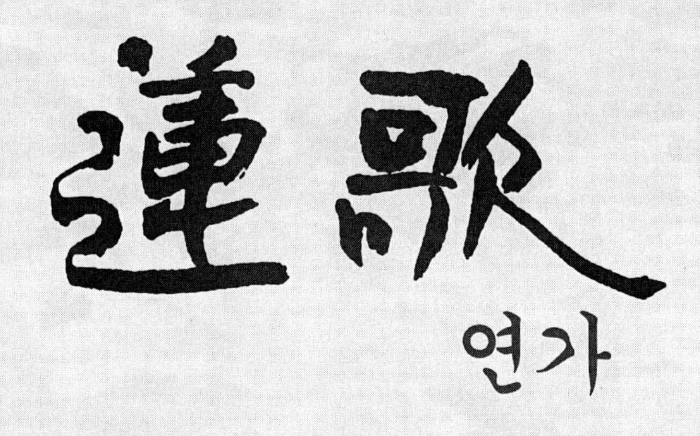

연가

어떠한 곳에 피어도 맑고 향기로운 꽃으로

피어오르는 연蓮을 연戀하는 마음을 담다

정기획

序詩

달다

여보게 친구들 팔십년 밥먹어 보니
단것 쓴것 들어가면 다 살로 가더군
단것은 달달한 살로 쓴 것은 쓴 살로

세상에 단 말 쓴말 많이하고 듣고살지
전에야 쓴건 쓰다 가리고 살았지만
이제는 모두가 여보게 친구들 말하고 살려네

쓰다고 찌푸린들 단맛으로 변하던가
쓴것도 달다 해주면 내가 단맛 나는 거지
구석구석 남아있을 내 찌푸린 인상들
남은날 환히 웃고 살아 들꽃처럼 피려네

2024년 11월
김종환 拜

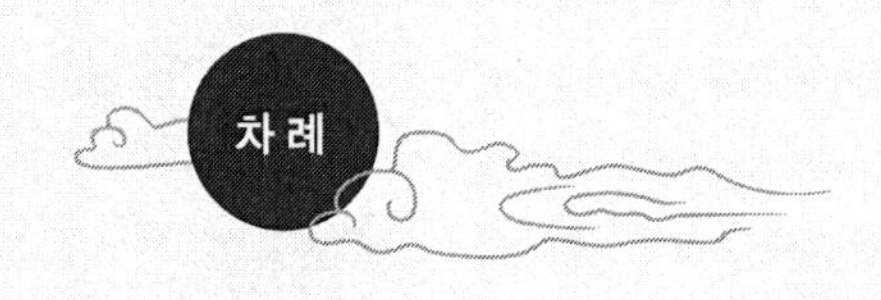

제1부

달아 달아 밝은 달아

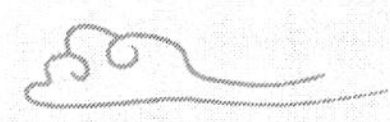

제2부

蓮歌

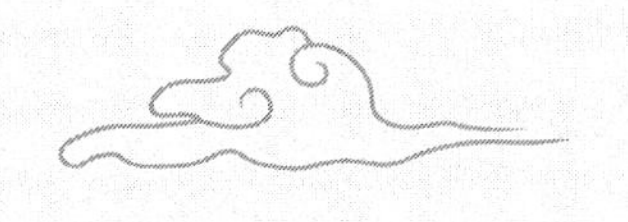

제3부

내 님은 언제 보나

제4부

종학당 자하목

부록

제1부

—

달아 달아 밝은 달아

달아 보름달아

달아 보름달아 감나무에 걸린 달아
초가지붕 혼자 뛰다 가지 끝에 꽂혔구나
그것참 쌤통이다 불도끄고 기다렸더니

둥근 달 명월이여

작은 별 반짝이는 온 하늘 동쪽에
말없이 떠오르는 둥근 달 명월이여
말없이 밤을 밝히는 그대여 진심이여

계묘년 대보름달

달아 밝은 달아 계묘년 대보름달아
여덟살때 창문밖에 나를보던 친구달아
팔십에 만나는 너는 올라오라 웃는구나

청허부 계수정에 같이 앉아 쉬자구나
하던일 마저하면 일어나 올라가마
여기를 내려다보며 술한잔 하자구나

달아 달아

삼천대천 혼자 떠서 외로운 우리 지구
안가고 같이하는 너하나가 예쁘다
너의 그 붉은 기운에 우리가 지켜지길

그 추운 겨울밤도 산 능선에 동초서며
별똥별 하나까지 다 살펴 주고있지
언젠가 길이 열리면 차 한잔하자꾸나

망월사(望月思)

달아 달아 둥근 달아 높이 떠서 미운 달아
높이 떠서 밤마다 딴전 피는 미운 달아
오늘은 내 창가에서 어두운 밤 비춰다오

달아 달아 밝은 달아

달아 달아 밝은달아 그믐에는 쉬는 달아
별만 있는 어두운 밤 네가 더욱 그립구나
며칠 뒤 동녘 하늘에 달덩이로 오를 님아

함상전시관

묶인 배에 너를 세워 창해를 가리킨다
저게 바다이고 저게 하늘이다
이제는 혼자서 간다 멀고 먼 바닷길을

밤에도 눈을 감고 바람에도 눈감았지
묶인 줄 흘겨보며 멀리 가려 했었지
이제는 다시 안 된다 묶이고 싶은 마음

풍랑 일면 앉지 마라 어두우면 서지 마라
옛 생각에 젖지 마라 불사조가 안 죽는다
어머니 부르지 마라 이제 네가 어머니다

소정 축전(素貞 祝展)

빅토리아 찍는 뒤에 밤마다 나와 서서
못 하고 들어갔던 그 여름을 기억할 일
개인전 성대히 마친 그대에게 축복을

안 되어도 하리라 될 때까지 그 고집
겨울 아침 서리밭에 언 손으로 망초 찍던
출근 전 그 집념에 눈물 젖은 박수를

갑진년(甲辰年)

제야 행사 싫어서 일찍 잠든 내 곁에
신부처럼 들어와 소곳이 누운 그대
올 한 해 서로 위하여 수복강녕 갑진년

벌에게

꽃에서 꽃을 찾아 또 어디를 보느냐
꽃 찾아 허댄 산하 이제 그만해야지
이만치 또 찾아 나서면 가다 말 수 있느니

꽃은 또 얼마나 너를 바라 섰었느냐
벌이 오고 벌이 가는 산마루를 봤겠느냐
이제는 쉬고 싶다고 꽃도 아니했겠느냐

이 여름 몇 날이냐 9월 되면 짧아진다
꽃잎에 힘이 빠져 열매 안고 오므릴 때
안온히 너도 깃들어 꽃과 함께 자거라

눈 감으면

불 끄면 어두운 밤 눈감으면 열리는 대천
나무도 풀도 없고 하늘도 땅도 없고
무거운 이 몸도 없는 예가 바로 대천(大天)인가

들어와 문을 닫고

들어와 문을 닫고 내다보며 생각한다
밖의 말 안 들리고 안의 말 안 나가고
그 영화 사랑과 영혼 샘과 몰리 그 장면

아이들 저쪽 있고 나는 여기 이렇게
목 터지게 불러도 반응 없는 무성영화
그때를 미리 해 보는 설 다음날 오늘 밤

리모컨

손안에 리모컨 나의 사랑 그대여
톡 하면 켜지고 톡톡 하면 바뀌고
일어나 한참을 가야 켜고 끄던 옛날이여

밥 나와라 톡톡 물 나와라 톡톡
사진을 띄워 놓고 너 오너라 톡톡
기왕에 이런 리모컨 언제쯤 나오려나

갑진 여름

이천이십사 년 여름 그 불볕 그 물난리
고약한 계모처럼 새벽까지 끓는 기온
팔월 달 한풀 꺾이는 연민 이는 갑진 여름

카펫을 펴며

맨바닥도 더웁더니 오는 계절 하릴없다
한로라 찬 기운에 카펫 깔며 눈을 든다
백수(百壽)면 남은 이십 번 그다음은 누가 펴나

산처럼

언제 와서 언제 가나 바람이 물어본다
이것아 내가 어딜 가느냐
나는 여기서 나서 여기서 흙이 되고
또 그러고 또 그러고
해와 달 뜨고 지는데 가만 있는 산처럼

대천 이야기

대천에 가지 마요 왜 자꾸 간다 해요
그대도 가야 할 곳 거기서 보면 되지
쉽사리 못 가실 걸요 엄청 넓다 하던데

생각하면 그럴 일 쉽게는 못 보는 일
가기는 가지마는 항하사 그 많은 대중
그리워 울며 살아도 이승이 행복이지

주목에 물을 주며

지인의 마당에서 주목 한 분 얻어와
창가에 자리하고 물을 주며 이른다
천년을 사는 너에게 물은 내가 줘야겠다

천년을 사는 네게 물은 내가 줘야겠다
그럴려면 내 강녕은 네가 챙겨 줘야지
네 몸이 강녕하려면 나를 네가 지켜라

이십 년 전 날들이 눈에 훤히 보인다
그렇듯 올 이십 년 그 또한 바로 눈앞
구백 년 더 살려면은 너를 겁박할 수밖에

학습

여덟 평 쪽방에서 모로 누워 자고 깨고
좁아서 불편할 일 미리 학습 하며 산다
이다음 한 자 세 치[1]에서 영겁을 살 몸인데

1 관의 규격

단풍

한여름 검던 잎이 화사히 밝아진다
두고 갈 사진처럼 좋은 모습 주려는지
인생도 저와 같아야 아름답게 남기를

현관문 하나 안이

현관문 하나 안이 이리도 괴괴한가
방금 놀다 왔는데 먼 옛날의 친구들
티브이 하나 안 켜면 고분 같은 차가운 방

초겨울 추울까 봐 방에 들인 난초 한 분
동그마니 나를 보는 눈길이 서글프다
이놈아 그러지 마라 그래 우리 둘이다

대천세계

나는 나의 대천계에 천수천안 관세음
함소 맥문 춘란 동백 연분(蓮盆)에 송사리들
물 주고 다독여 주고 보살피는 베란다

원행억염은

지인의 전시장에 자당님 사진액자
제목으로 쓰인 글귀 원행억염 은중경
자식도 부모님 가신 후 원행억염 하자고

원행억염 양친은혜 피눈물로 회심(悔心)할 땐
가신 뒤라 어이할꼬 각혈한들 또 오실까
생시에 한 번이라도 더 가뵐사 자식들아

동지

천하에 못된 놈은 바로 너 아니더냐
임 그려 지새는 밤 자꾸자꾸 늘리다니
살아야 다시 만나지 이 악 물고 견뎠다

옥죄이던 팔뚝에 힘 풀리는 장사처럼
이제는 하루하루 짧아질 밤의 길이
매화꽃 벙그는 밤에 눈물 쏟아 울란다

반려 화분

우리 처음 만난 지도 어언간 사십이 년
내 곁에 오래오래 있어 줘서 고맙다
한 번만 섬닷하여도 가버리는 세상에

어느 날 조용하면 네가 내 눈 쓸어주렴
내 나이 사십부터 같이 산 너 아니냐
흰 구름 감돌고 있거든 눈물 한 줄 뿌려주렴

물왕지 그득한 물

물왕지 그득한 물 밤에는 무얼 할까
달도 가고 별도 자는 밤에는 무얼 할까
놀러 온 산 그림자랑 상엽차를 마실까

은행천 버드나무 물에 발을 담근다
이물 따라 올라가면 물왕지 그득한 물
왜 왔냐 역정 내실라 그냥 밤새 서 있을까

달도 가고 별도 자는 괴괴한 시흥벌에
물왕지는 그득한 물 은행천엔 버드나무
소래산 마애부처님 지금 어딜 보실까

세모

꽃에 석 달 그늘 석 달 단풍 석 달 취했다가
바람이 차 문을 닫다 달력 보니 29일
아뿔싸 또 한해가 이틀밖에 안 남았다

팔가조

눈이 멀어 못 나시는 나 많으신 어머니
새끼가 먹이 물어 구완하는 효조(孝鳥)라니
아무렴 너는 새이거니 인간사엔 없는 일

진자리 마른자리 갈아서 뉘이시고
입에것 내 먹이며 키워주신 은혜시여
새끼를 그렇게 키웠을 팔가조 어머니 새

찬 옷은 아랫목에

찬 옷은 아랫목에 깔았다 입히시고
언 손은 젖가슴에 넣어서 녹여주신
어머니 당신 사랑은 가없는 하늘사랑

낮에는 해가 뜨고 밤에는 별이 나고
하늘 가신 어머니 온하늘에 계심이라
이 자식 하늘 가는 날 찬 손 잡아 주실 이

귀거래

새벽에 카톡 여니 어젯밤 왔던 문자
남아 있던 친구 중에 또 하나 떠났다는
귀거래 막을 수 있나 왔다 감은 상정인데

화분의 난초잎을 조용히 쓸어본다
언젠가 내 이름도 그렇게 전하겠지
그들도 이 말 할 테지 못 피하고 갔다고

이백같이

호수의 달을 따다 빠졌다는 이태백
천삼백 년 아직까지 달을 따고 계시겠지
행복한 그의 영겁을 나는 어찌 따를까

꽃에게 시를 쓰는 지금 내가 이태백
이보다 더 좋을까 거기 빠진 황홀경
이대로 눈감아지면 그 속의 영겁인져

세월이 여류(如流)하여 후딱 흐른 80년
눈 감으니 지나온 길 굽이굽이 다 보인다
모롱에 아니 보이는 흐를 길은 얼마인지

소래산 잣나무

소래산 날망에 보고 온 나무 하나
십이 년쯤 되었을까 눈에 삼삼 밟힌다
동해에 굳게 서있던 바위섬 독도처럼

살며시 세어보니 솔잎이 다섯 개라
아직 어린 나무여도 너는 분명 잣나무다
추사의 歲寒然後知 松栢之彫 그 나무

잘크거라 아가야 동해의 독도처럼
바람쯤 이기거라 눈비쯤 견디거라
타고난 기상이어든 너는 능히 할 것이다

관이 향기로운 너는 무척 높은 족속이라
노천명의 사슴처럼 그냥 솔은 아닌 너다
분명코 거목이 되어 이 땅을 조망하라

이산이 어디더냐 경기서부 소래산
백두 태백 내린 현무 삼각 송악 뒤에 한 산
경기만 너른 바다는 네가 볼 창해니라

군자산은 너의 의지 마애불은 너의 성정
샛바람쯤 흘리거라 연무쯤은 무심커라
지극한 내 조석기도는 햇살로 비춰주마

바람아 불지마라

바람아 불지마라 눈보라 치지마라
귀여운 우리 딸 어리고 연한 꿈이
날 찾아 이 밤을 타고 이백 리를 온단다
선인의 글을 읽으며 네 생각에 눈감는다

강아지야 내 새끼야 콜콜 자고 있느냐
곤한 잠 깰세라 소피도 참고 있다
떨어져 혼자 거하는 수백 리 뜨는[2] 새벽

2 멀리 있는 손자 재민 군에게

새벽頌

초저녁에 누운 자리 깨다 자다 이른 새벽
梅月堂 青光인듯 스며드는 여명 줄기
골똘히 생각 안 해도 다 보이는 지난날

人生은 草露 인가 순간이 팔십 성상
영대산[3] 앞들에서 쫓아가던 그 참새는
이 새벽 동녘 하늘에 샛별로 반짝인다

방 안의 물건들이 산같이 쌓여 있다
종이며 몽당연필 빨랫감에 찻그릇들
일조진 저 물건들에 무거운 육신까지

3 고향 산서의 진산

나비와 모란

나비야 저기 가라 모란꽃 일렀더니
싫다고 안 간다고 속아지를 못내 내어
안되어 저만치 갔다 오니 그 속에 잠들었네

허허허 허허허허 소리 나면 잠 깰세라
곳발[4]로 뒷걸음쳐 이만치 벗어나서
곤한 잠 바라보면서 내가 곤히 행복해

4 까치발의 방언

아까시

아까시 잎 하나를 맞잡고 가위 바위
이긴 사람 한 잎씩 따 들어 가서는
마지막 진 사람이 꿀밤 맞던 어린 날

한 잎 한 잎 따 들어가 하나 남은 마지막 잎
꿀밤 아닌 포옹으로 이렇게 말할 것을
이제는 더 갈데없으니 그냥 같이 있자고

개심사 청벚꽃

삼백 리 빗길 달려 너 보러 내가 왔다
도량에 씨앗하나 아장아장 예쁜얼굴
추울까 품에 꼭 안고 빗길 달려왔느니

잘 말려 발아해서 내 동산에 심어주마
선서지 시비(詩碑) 옆 마음했던 그 자리
잘 자라 또 거기에서 귀한 나무 되거라

덥다 덥다

덥다 덥다 하지 마라 더우니까 여름이다
여름 덥고 겨울 춥고 해마다 안 하더냐
더위는 천지의 순리 순응은 인간의 덕

꽃피는 봄이며 오곡 익는 가을이며
울창한 여름이며 쉬어가는 겨울이며
사계절 뚜렷한 나라 이 아니 복이더냐

저기쯤 오시는지

저기쯤 오시는지 나뭇가지 흔들린다
이마에 훈훈한 바람 하마 님의 입김인가
자는 척 눈 감으오니 옆에 살포 앉아주오

샤워를 하면서

샤워를 하면서 오른손이 말한다
자네 귀를 씻을 때는 내가 꼭지 들어줌세
내 귀를 씻을 때는 자네가 좀 들어주게
나오며 껄껄 웃는다 오늘 샤워 잘했다

어머니

삼천 년 전 부처님 이천 년 전 예수님
내 앞에 왔다 가신 인자하신 어머님
그분의 자비박애를 어디에다 견줄까

자리 깔 땐 아들 생각

자리 깔 땐 아들 생각 등 긁을 땐 손자 생각
출출할 땐 자부 생각 집 나설 땐 내자 생각
없어서 생각도 못 하면 그 얼마나 불행일까

동창 열면 아들 기척 남창 열면 손자 음성
서창 열면 자부 모습 북창 열면 내자 체온
사방에 그들 있으니 이 얼마나 행복인가

여름내 무성한 잎 가을 되면 말라들어
겨우내 고적한 땅 그리 한탄 말 일이다
봄 되면 다들 그 자리 옛대로 돋아난다

道德論

達卽兼善天下 窮卽獨善其身
광풍이 난분할제 青草는 푸르거라
바람은 어두워지면 앞 못 보고 스러진다

문 열면 어지럽고 문 닫으면 안온해
상엽차나 마시며 책 내어 읽으리라
다산도 도잠연명도 그리 락도 하시었다

巨石이면 바람 막고 풀이면 앉았거라
바위곁 푸른 풀도 水魚之交 아니더냐
이치에 따라 사는 것 이게 진정 도덕이니

십일월도 하순이라

십일월도 하순이라 한달 남은 계묘년
하루는 지루한데 일 년은 섬광이라
막바지 물살이련가 남은 생이 가속이다

제2부

—

蓮歌

蓮

지난겨울 언 땅 위에 찬바람만 일던 연지
끝도 없이 피어나는 이 많은 꽃 웬일인가
겨우내 재운 그리움 주체 못 해 쏟아지나

그냥 보면 예쁜 꽃이 송이송이 아린 눈물
재우는 그리움들 어찌다 이랬을꼬
웃음을 눈물로 보니 향기는 한숨이라

연밭에 바람부니 꽃물결 출렁인다
해일로 밀려오는 향기도 밀고 온다
다 받아 서 있는 내게 네 분심을 퍼붓느냐

뉘 안전을

응봉산 산허리에 삭풍 일어 스산한 밤
노송은 눕지 않고 바람독 막아선다
이놈들 내가 있는데 뉘 안전에 설치는고

봄에는 꽃피고 여름은 울창했다
무서운 찬바람에 문 닫고 떨고 있을
울 애기 삼동구순을 내 여기서 지킬란다

연꽃을 연하여서

蓮꽃을 戀하여서 蓮거푸 오는 연지
오늘은 삐죽삐죽 제들끼리 수군댄다
뽕밭에 나오는 길이 뽕만 따러 오느냐고

뽕 따고 임도 보고 운동하고 기분 좋고
연꽃의 처염상정 같이 연꽃 되느니
연밭에 날마다 나와 후줄근 젖는 향기

가을아침

연밭에 가을 아침 휑하니 쓸쓸하다
나오면 피던 연꽃 하나도 안 보이고
물 고인 연방죽 안에 오리들만 시끄럽다

미움 반 그리움 반 못 나오는 내 앞에
움직이는 연대에도 반가워 돌아본다
일각이 여삼추 같을 삼동을 어찌할꼬

동짓달 긴긴 밤을 한 허리를 베어 내어
정든 님 오시는 날 펴겠다는 황진이
나도 이 허탈을 손에 꼭 쥐었다가
내년 봄 파란 잎 나거든 감로수로 뿌려줄까

왜 군자산이냐고

왜 군자산이냐고 더 묻지 말라니까
마의태자 지팡이 왜 보이지 않는가도
팔백 살 정자나무에 폭 한 번 안겨 보렴

가래골 약수물은 그냥 흘러 아깝느냐
소래산 마애불님 빙그레 웃으신다
몇 겁을 모았느니라 서해 그득 바닷물

보통천

장마에도 그만치 가뭄에도 그만치
보통천 물줄기는 왜 저리 일정하뇨
장마에 안 넘친 물이 가물다고 마르랴

겨울비

누워 쉬는 호조벌에 겨울비가 내린다
여름내 무성했던 마른풀 누런 허리
이제는 편히 쉬라고 겨울비가 적신다

누운 채로 조용히 조용히 쉬는 대지
소래산이 굽어보고 보통천이 감돌고
누구의 만가이런가 눈을 쓰는 겨울비

나분들 두나무

둘이 만나 해로하는 나분들 버드나무
더워도 같이 있고 추워도 같이 있고
바람결 추운 날에는 손도 한 번 잡아보고

사랑이 무엇인지 깊게는 모릅니다
행복이 어떤 건지 그 또한 모릅니다
주야로 같이 있음에 다른 건 모릅니다

소래산도 수암봉도 눈 안 떼고 보고 있고
보통천 물줄기도 슬며시 비껴가고
날마다 우리 부러워 그러는 건 아닌지

함소화

새벽송 만데빌라 춘란 건란 소엽풍란
이놈들 등살에 따른 차가 다 식는다
그래도 나의 반려들 있어 줘서 예쁘지

감아라 보이신다면

감아라 보이신다면 소경 되어 지이다
노산님 나와 같이 누를 그리 그리셨나
써노신 그 시를 읽으며 내가 울기 편합니다

사람은 왜 날개 없어 마음대로 못 나는지
이럴 때 훨훨 가서 창가라도 서 보련만
사랑이 그리 쉽더냐 앓아보라 하심인가

아침연지

연밭에 일찍 나가 새잎을 살펴본다
아직은 안 보여도 여름이면 나올 꽃들
참새가 포르릉 날아 재촉하는 아침 연지

물 끓여 병에 담고 상엽차 한손 챙겨
지름길 논밭둑을 질러달려 나간다
따스한 아침 차 한 잔에 그 미소가 예뻐서

새벽빗소리 들으며

톡톡톡 토독톡톡 문밖에 빗소리

갔던 임이 창가에 와 옥구슬을 던지는가

그 소리 더 듣고 싶어서 문 안 열고 있는다

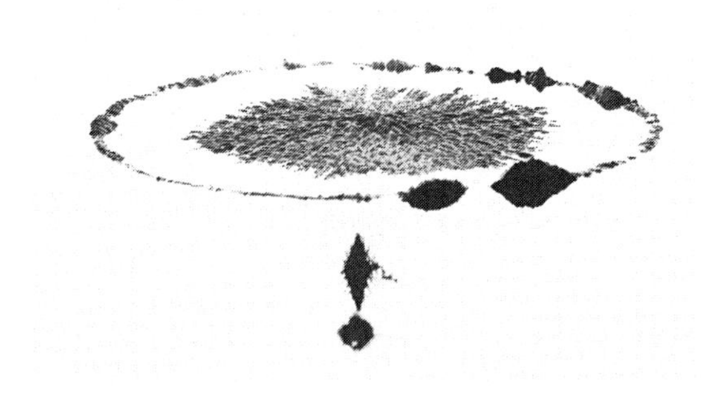

윤슬이 곱다 하나

윤슬이 곱다 하나 어찌 이에 견줄까
정연히 바른 성정 꽃마다 다 이럴까
희견천(喜見天)[5] 꽃씨 하나가 사바에 나리신듯

5 삼십삼천의 다른 말

보통천 고들빼기

보통천 고들빼기 가리키고 캐어 담아
배 썰고 쪽파 까고 액젓에다 생강 넣어
눈물로 치댄 그 맛이 단맛일까 쓴맛일까

꿈속에 오신 님이 맛을 보고 말이없다
매웁다 쓰다 달다 말없이 사라진다
누구랑 캐고 먹는지 내가 꿈을 꾸는지

매화 피고 쑥 돋고 뽕잎나고 씀바귀
물 흐르고 새 날고 붕어 뛰고 억새 희고
넘다리 쉬어 앉아서 쉬는 나는 누가 볼까

군자산 잔설 속에

군자산 잔설 속에 피어난 노루귀꽃
엎드려 낯을 대고 흙까지 안아준다
왕소군 보낸 효원제 그 통한을 나도 하랴

대강 그린 화공들을 참한들 무슨 소용
한번 가면 내년 봄에 다시 안 올 너일진대
덮혀진 낙엽을 제치고 호호 불어 세운다

개망초

들길 풀 속에 피어있는 개망초
수수한 그 맵시에 상긋한 내음까지
취하여 눈감았다가 삭풍 온 줄 몰랐었지

올해도 온 가을날 들길 다시 걷는데
그 맵시에 그 내음 그대로 핀 개망초
반가워 붙잡고 앉아 살포시 눈감는다

올겨울도 이들길에 삭풍 다시 불 테지
너를 캐어 분에 심어 창가에 앉히우고
상긋한 너의 맵시와 겨우내 같이할까

愛蘭誌

강인하라 너를 캐어 노지에 심어놓고
힘겨운 너를 보며 일 년 내 마음 아파
다시금 너를 캐내어 분에 심어 들인다

너를 만난 옥정호 귀히 안아 집에와서
금분에 고이 심어 玉井嬉라 명명했지
이제는 한방 안에서 얼굴 대고 살자꾸나

네가 나와 내가 너와 살 날 얼마이더냐
네가 마르면 내가 물주고 내가 외로우면 네가 웃어주고
남은 날 금쪽 아끼듯 그리 좋게 살자꾸나

버려진 난 한 폭이

버려진 난 한 폭이 측은하여 가져와
손질해 물을 주어 지극으로 살핀다
사람도 이와 같으면 가다 돌아올거라고

戀梅

눈뜨면 보이는 꽃 눈감으면 안 보이고
감아도 보이나니 그윽한 그대 향기
떨어져 멀리 있어도 눈감으면 곁이리

홍매

꽃집의 홍매 한 분 가져와서 보고 있다
말없이 보는 나를 말없이 저도 보고
베란다 따사로운 햇살 매화향이 그윽하다

화엄사로 통도사로 현충사로 다니던 봄
올해는 내 집에서 앉아 쉴 수 있겠구나
무엇이 사랑이더냐 내 좋으면 좋은 거지

포동홍매 없어진 뒤 허전했던 수삼년
그래서 쏘다닌 길 화엄 통도 현충사
그래서 괜찮았더냐 보고 싶은 그 격정

관곡지 분홍매

연밭의 피던 매화 신비한 그 분홍꽃
인연이 거기인지 올해는 안 뵈더니
관곡지 길모퉁이에 또한 나무 섰는 매화

윤랑이 가리킨 곳 화사히 피어난 꽃
날인가도 보소서 홍랑의 버들처럼
그꽃에 얼굴을 대고 윤향에 눈을 감네

화무십일홍이어든 꼭 잡고 눈감는다
내 속에서 피어나 오래오래 있어라
내 마음 십일이겠느냐 웃으며 간수하마

素貞梅

호조들 보통천변 줄 서 있는 벚나무
그중의 너 하나가 매화나무였었네
전부다 벚나무려니 멀리서만 봤었지

아직 이월 찬바람에 꽃눈 벌어 봤더니
벚 아닌 매화인걸 이제사 알겠구나
설한에 꽃피는 나무 너 말고 뉘있으랴

지금까지 오랜 세월 꿋꿋이 살아온 너
벚나무 중에서도 본성 잃지 않았던 너
一生寒 不賣香이라 네 지조가 거룩하다

언젠가는 뵈겠지 내년에 또 내년에
살아온 그 세월에 왜 아니 설웠을까
이제는 내가 자주 와 매무새 만져주마

보통천 둘레길은 벚꽃길 명소였지
거기에 매향이라 금상에 첨화구나
바람도 시원한 길에 물까지 흐르는 길

청색홍색 물 안 들고 살구 옆에 가지 않고
향하나 지키기에 삭풍도 노맞던 너
몸에 밴 그 절개이기 더더욱 기특하다

군계에 일학이며 花中之第一梅여
한데서 혼자 고운 네가 이름 없느냐
그 품새 고매하거니 소정매라 이르마

관곡지 빅토리아

관곡지 빅토리아 깊은 밤 꽃 한 송이
꽃 한 송이 물에 떠서 고름 물고 우는데
임들은 불총을 쏘며 어이 그리 부산하오

꽃을 그리 보는가 휘광 비춰 눈부시게
앞 비추고 옆 비추고 돌아 돌아 등 뒤까지
안 온 듯 옆에 와 서서 입김 불어 주사이다

울어도 웃음 되는 고우신 임이시어
목덜미 돋은 가시 그 정절이 섬뜩하오
이만치 떨어져 서서 눈을 감고 임을 보오

제3부

—

내 님은 언제 보나

창밖의 감나무가

창밖의 감나무가 안을 자꾸 기웃댄다
안온히 사는 내가 몹시도 부러운 양
이놈아 내가 뭐랬냐 욕심내지 말랬지

효자손

혼자서 안 되는 일 등가운데 긁는 일
기둥에 비벼보고 빗자루도 써보지만
효자손 너야 말이지 기똥찬 물건이지

그런데 정말 안 되는 또 하나는 물파스
잎파스는 깔아놓고 누우면 붙힌다만
물파스 이것 하나가 정말 못할 일이로세

청소는 청소기에 빨래는 세탁기에
밥하는 건 밥통에게 등 긁는 건 효자손
추야장 장장고적은 드는 달 맞아놓고

풋고추

풋고추에 된장 찍어 점심을 잡수시던
어릴 적 아버님과 여름이 생각난다
밭에서 따오신 고추 아삭 베어 드시던

그때엔 고추밭에 왜 그런 일 많았던지
자고나면 널려있는 씹어놓은 고추들
개구리 저것들 짓이라 애민 놈만 잡았지

밭머리에 토굴 짓고 고추 참외 가꾸셨던
잘 익은 참외 따서 쪼개주신 아버님
칠십 년 지난 세월에 나도 이제 그 나이

가을 언덕

더웠어도 들쑤시던 여름이 좋았었나
다 떠나 한산해진 이 언덕이 조용하다
여름내 그 많던 바람 한 놈도 안 보이고

명아주

명아주 아홉 대를 정히 베어 세운다
그늘에 말려야지 색이 곱게 든단다
한 개에 십 년씩이면 구십밖에 못 쓰겠네

청광삭파 삼천계

불 끄고 눈감으면 보이는 삼천대천
청광삭파 삼천계 매월당이 이르셨다
감으면 보이는 세계 그래서 감고 가나

산백합 한그루를

산백합 한그루를 뒷산에서 찾아내어
소정이라 이름하고 날마다 와서 본다
소정씨 나 또 왔어요 살포시 한 번 안아주고

소정이는 나 어릴적 혼자 좋아하던 소녀
어설펐던 사랑이 애틋하긴 더하는지
지금도 잊지 못하고 눈감으면 아른거려

사랑은 고귀한 것 고귀해서 더 귀한 것
그 사랑을 어떻게 헌옷처럼 잊을까
산백합 나투어 와준 예쁜 소녀 소정이

한계령풀

눈 속에서 핀다는 말만 듣던 한계령풀
그렇게 예쁜 꽃은 거기에만 있다 하네
너무나 멀리 있어서 못 가고 그리기만

가서봐야 하더냐 만져봐야 하더냐
그보다 더 가까이 내 가슴에 넣을란다
안 춥게 녹여주고 산바람 막아주고

해

구름새로 간간히 나는 해가 더 예쁘다
동그란 그 품새며 나비처럼 노는 모습
눈부셔 건성만 보던 밝을 때와 다르게

검은 구름 지날 때 잠시는 안 보여도
지나면 그 자리에 안 가고 서 있는 해
밤 되어 어두운 밤도 아침 되면 떠오르지

소곡(笑哭)

이주일은 울어도 사람들은 웃었지요
한 번도 울어 안 뵌 내가 바로 이주일[6]
그래요 많이들 웃으세요 그새에 나는 울게

낮에 놀고 밤에 피는 달맞이꽃 아십니까
후미진 뒤안길에 안 자고 피어있는
그것이 배꼽 빠지게 웃는 줄 아십니까

6 희극배우

내 님은 언제 보나

내 님은 언제 보나 열두 살 예쁜 얼굴
눈에 삼삼 귀에 쟁쟁 꿈에라도 보고지고
늦은 밤 드는 골목길 섰는 돌도 그님인 듯

밤에는 잘 자는지 낮에는 잘 노는지
배는 안 고픈지 군것질은 하는지
주머니 천원 한 장도 그 생각에 눈물 나

지금이사 이러지만 이후에는 어이할꼬
다른 세상 다른 하늘 그 모정을 어이할꼬
못 보는 이 아픔까지 이승이라 치부할까

제4부

—

종학당 자하목

종학당 자하목

배롱꽃이 여기저기 지천으로 피는 팔월
종학당 담장에도 작년처럼 피었을까
툇마루 앉았던 그이도 내다보고 있을까

목매에도 그리우면 꿈길로도 온다더니
꿈인지 생시인지 전화가 걸려왔다
갑자기 생각이 돌아 문안 한번 여쭌다고

붉은 꽃 고운 피부 자하천의 자하목
신선의 하늘에 신령스레 피는 꽃이
그이를 만나려면은 먼 길 달려가야 하지

수어지교

훤칠한 나무를 바람이 비껴가고
향기나는 꽃송이를 벌이 어찌 지나칠까
바람도 나는 벌들도 못 가서 오는 거지

바람 없는 나무가 움직일 일 있을까
벌 안 오는 꽃송이가 피면 또 무슨 소용
고기는 물이 있어야 水魚之交이거늘

동강할미꽃

돌아와 눈감으니 그 모습 선연하다
문희마을 바위 끝에 연보라색 할미꽃
울 애기 보고 온 날처럼 또 가고 싶은 마음

평지도 많았는데 벼랑 끝에 왜 피는지
어렵게 매달려서 만져보는 그 정이야
쉽잖은 그 만남이어서 더더욱 애틋했다

오지에 길이 멀어 자주볼수 없는 우리
오지에 길도 멀어 생각하면 더욱 설래
오지에 길까지 멀어 아예 눌러살고 싶다

영흥해국

벼랑길 돌아오는 나를 봤을 영흥해국
버선발로 못 내리는 너를 내가 모르랴
단애에 매달린 몸으로 보고만 있는 너를

오늘날이 참 좋구나 하늘 맑고 바람 불고
한나절 우리 만남 또 내년까지 긴 작별
포옹이 죄가 되려나 눈을 감는 꽃떨기

고죽 홍랑

보통천 나와 서서 매화꽃 옆에 선다
홍랑곁에 머무르던 고죽이 이랬을까
곁에선 덤덤하여도 멀어지면 설운마음

7년이 지난 후도 묘소옆에 시묘살이
어느 기녀 이럴손가 가면은 그만이지
묘 아래 모신 후손도 그 모정이 오죽해

龍門山 은행나무

용문산 은행나무 용문산의 한 나무라
천백 년 천수무강은 산과의 사랑이라
용문산 안 거스르고 다소곳 서있음에

거대한 용문산에 풀나무 많을진대
이 나무 잘 키운 산 그도 이름 나는 고야
성현의 아들두면은 부모은공 보이듯이

멀리서 산을 보니 그 위용 자애롭다
북풍을 막아서고 물을 흘려 적셔주고
사시절 조석주야로 외면한 적 있으랴

장수동 은행나무

장수동 은행나무 팔백산 노익장께
늙어도 건장하신 비결을 여쭈우니
허허허 너털웃음에 소래산을 보신다

나는 겨우 팔백 살 소래산은 억만세
나를 보지 말고 소래산을 오르거라
팔백 년 전 그때에는 나도 너만 했었다

눈비 탓 하지 마라 부는 바람 막지 마라
여름은 무성하라 가을은 떨구어라
겨울날 삭풍 불거든 또 봄 온다 기다리라

雪日鄕理

팔십년을 떠돌다 찾아온 우리 동네
가는 날이 장날인가 눈이 쌓여 하얗다
오래된 기억이듯이 묻힌 것이 더 많고

얼음 타던 방죽에 늙어버린 버드나무
다닥다닥 주름살 구부정 굽은 허리
이제는 너도 노인이구나 미소 짓는 옛친구

산천은 의구한데 인걸은 간데없다
옛 선인의 시처럼 둘러보는 내 눈에
아는 이 아무도 없이 반기는 건 산천뿐

귀거래사

어디서 왔다가 어디로 돌아가나
아버지 고환에서 오동나무 관으로 간다
정자의 6미크론 그놈이 6척이나 커서 가지

남대천 은어새끼 꼬물꼬물 헤쳐 나가
대양을 돌고 돌아 3년 만에 돌아와서
고향에 새끼를 쏟고 몸을 풀어 먹이나니

44년 산서땅 영대산하 대창리에서
군산 부산 서울 돌아 시흥땅 소래산하
마애불 삼귀의 예로 청광삭파 삼천계

용주사 홍살문 길

용주사 홍살문 길 좌우로 세운 비석
부모님 열 은혜를 불경으로 하셨다
좌우로 세운 그 뜻은 어디서도 보라는 뜻

대웅보전 부처님 뒤 단원의 후불탱화
앞에서 보는 탱화 몇 번이나 바꿨을까
오늘의 우리 모습은 어느 벽에 남을까

천년의 범종에는 양각 아직 까실한데
섬돌 앞 회양목은 팻말만 남아 있고
사천왕 일주문밖에 나물 파는 부처님손

아버지 뒤주의한 정조대왕 효행원찰
은중경 새긴 돌들 풍마로 안 읽힌다
담장밑 댓바람 소리는 융건능의 죽비인가

읍혈록 혜경궁은 사람일 돌일까
뒤주속 죽는 남편 보고 어찌 견뎠을까
아들을 왕으로 기른 그 단장의 통한이여

태백산 단목수하

태백산 단목수하 환웅 아들 오신 단군
하늘 열고 땅을 펼쳐 세우신 고조선
오천년 백의의 민족 홍익인간 우리 얼

겨레의 비망록에 새겨 기릴 이름들
해모수 강감찬 을지문덕 대조영
세종대왕 이순신 안중근 박정희 김대중
이완용 이기붕 박정희 전두환 김영삼
삼별초 419 광주학생 광주시민 516
이병철 삼성반도체 십원주화 정주영
코리아 아침의 나라 백의민족 영구하라

부산 생각

초랑동 적산가옥 동광동 바퀴주택[7]
운암공원 꽃시계 창문 밖 제4부두
결결이 이는 추억에 광안리 시조시인

광안리 시조시인 펄떡이는 아침 해
70년 그 시절에 에덴에서 안 봤을까
시간을 되돌린다면 차 한잔하고 싶다

7 바퀴벌레가 많았던 집

기승전결

일으켜서 이어가다 고개 돌려 짓는 매듭
크거나 안 크거나 길거나 안길거나
전결은 기승의 화심 잘익은 열매러니

자라서 연마하고 이루어서 무르익는
인생사 기승전결이 우주의 으뜸이라
시 한 수 몇십 권 대하소설 그보다도 절묘해

기도

산서에서 자라나 군에 가고 돈 벌고
나만 한 두 아들은 내 가을의 호박덩이
따스한 햇살을 향해 잘 익기를 일념기도

주암호를 지나며

산 넘으면 푸른 물 물 지나면 푸른 산
산이 물에 떠있는지 물이 산에 갇혔는지
주암호 푸른 산색에 보는 나도 푸른색

구불구불 오른 산길 끝날 즈음 방죽 하나
주동제 그 가운데 천원지방 자하도라
나오는 백발 저이는 자하천의 주인인가

공기 좋고 물맛 달고 풀 속에 춘란까지
기화요초 다 있거니 화장세계 여기인가
구름아 나 여기 있을 테니 모른다고 하거라

섬진강 배롱나무

거년에 지날 때는 파랗던 이 나무가
새빨간 꽃이 피어 쉬어 앉게 하는구나
닿게는 앉지 말거라 옷 젖으면 못 간다

꽃 밑에서 내오는 꽃잎 띄운 차 한 잔
손도 붉고 차도 붉고 입술 붉고 눈도 붉어
그대는 본시 붉지만 나도 같이 붉어지오

휴게소 붉은 그늘 빨간 차 멈춰 선다
기왕은 아니언만 물들어 저러는가
앉았다 나도 서면은 배롱나무 되겠다

이보오 배롱나무 섬진강 붉은 나무
붉어진 이 몸으로 또 어디를 가리오
그곁에 빈 자리 하나 나도 서게 해주오

왕송지 버드나무

왕송지 버드나무 보고있는 수리산
왕송지 버드나무 바라보는 수리산
오늘은 곁에 내려와 반영으로 눕는다

바람으로 날리던 구름으로 전하던
밤에는 밤이야기 낮에는 낮이야기
안개나 끼는 날에는 발만 구른 긴세월

왕송지 버드나무 팔을 벌려 맞는다
긴 세월 쌓인 사연 어이다 펴 보이리
쉬소서 또 어디에서 곤한 몸을 뉘실까

頌 의암 주논개님

진주성 남강물에 매달린 바위 하나
내려와 앉았으니 그 님께 죄송하다
민족의 앙갚음으로 왜장나꿔 투신하신

의기라니 웬말인가 장수땅 주씨 부인
촉석루 언저리에 외로우신 사백년
섬돌밑 흙한줌으로 오지랖에 모십니다

몸서리치던 강물 돌아보지 마오소서
함양지나 육십령 장수땅 의암사당
토방에 그 흙을 모셔 이제 귀향 이십니다

주촌에서 나신논개 최장군 시봉하사
진주성 전사하신 낭군의 한을 받아
왜적을 나꾸어잡고 남강물에 내리신 님

임진란 전화 속에 두 장군 계셨으니
물길 막은 충무공 기세 꺾은 주논개
승전연 주연에 들어가 왜장 죽인 논개님

물은 흘러 흘러도 의암은 천추이네
촉석루는 재건해도 바위는 부동인져
진주성 모래 날려도 인사유명 주논개

모곡이 수장된 후 풍신도 급사하니
목숨이나 돌아가게 뱃길 열어 달랬지
지금도 그 습성 못 버리는 섬나라 야만인들

강릉 땅에 임을 두고

강릉 땅에 임을 두고 대관령을 넘습니다
난설헌 넓은 집에 혼자 계서 죄송해요
오늘밤 경포송림에 달로 떠서 번 설게요

세 아이 충실하며 부군도 잘 있겠죠
거기서는 여기와 반대라고 하던데
여기서 쌓인 한들은 풀며 풀며 사시기를

동상의 손을 잡고 사진도 찍었네요
생시인 듯 느껴지는 체취는 포근한데
차갑게 경직되심은 오랜 고독 탓이겠죠

삼백팔십 연상가인 시서화는 해동最一
不爲者 君을만나 한 많은 39荷花
삼천계 一色女帝로 대천종횡 하소서

부록

이순신 도독(李舜臣都督)傳

나를 넬슨에 비하되
조선의 이순신 장군에게는 하면 안 된다
일본 도고 헤이하치로(東鄕平八朗)의
어록이다
청일, 러일, 진주만의 일본 해군 제독 그가
가장 존경했다는 이순신 장군

일본해군이 건너와 사당에 향배 드린다는 조선
이순신 장군
나에게는 백성이 조선이다
두 번의 백의종군에도 왕을 원망치
아니하시고 오직 백성을 위하여 왜적과
싸우신 성웅
원균이 다 잃은 배 거기서 겨우 남은
열 두 척
신에게는 아직 열두 척의 배가 있나이다
今臣戰船 尚有十二

333척 왜선을 명량 울돌목으로 몰아
철쇄(鐵鎖)로 수몰시킨 바다의 神
세 살 아이에게 물어도 안 된다 했을
열두 척으로 어떻게 333척과 싸워
어떻게 단 2명 부하 잃고 그렇게 많이 죽여
한 척에 100명이면 삼만 삼천삼백 명 그 절반을
1597년 10월26일 명량대첩(鳴梁大捷)

명 도독(明 都督) 진린(陣璘)도
장군의 가마는 앞서가지 마라
노야(老爺)라 존경했던 조선의 명장
단서철권 (丹書鐵券)면사첩(免死帖)
명량 울돌목 물돌이
판옥선 명자총통 조란탄 귀선
저 바다는 나의 피도 원할 것이다
싸움이 급하다 나의 죽음을 알리지 마라
숨 넘기면서도 눈 부릅뜨신 장군님

필사즉생 필생즉사(必死卽生 必生卽死)
죽음이 두려우랴 결연히 나가 싸우면 이겨
반드시 살 것이요 살려고 도망가면 반드시 죽을 것이다
열 두 척으로는 어려운 싸움
물속에 쇠줄 넣어 낚아챈 그 지략
우리에게 선조를 보낸 하늘이
그 미안함에 보내주신 장군님
해남 어란진 피섬을 물들인 왜병들 기왕
장군께 죽는 것 영광이라 했으리라
당 태종은
고구려 강감찬과는 절대로 싸우지 말라
유언했다 했는데
풍신수길(豊臣秀吉)도 고니시 가토에게
이순신의 바다는 들어가지 마라

1545년 4월 28일 한성 건천동
부친 이정 모친 초계정씨 셋째아들로
탄생, 보성군수 아산 상주인 방진의 여
수진에 장가드시어
1598년 12월 6일 53세
노량 해전
왜구는 살려 보내면 또 쳐들어온다 퇴로 막아 섬멸하시고

나는 용왕이 되어 이 바다에서 왜구를
막겠다 하신 신라 문무대왕처럼 우리의
바다로 가신 장군님
삼척서천산하동색 일휘소탕혈염산하
(三尺誓天山河動色 一輝掃湯血染 山河)
석자 칼로 하늘에 맹세하니 강산이 떨고
휘둘러 쓸어버리니 피가 강산을 물들이도다

어머님 喪에도 아들보내고
왕명받들어 백의종군 진지로 가신 오직
백성이 먼저이셨던 장군님
유명 수군도독 조선국 증 효충장의
적의협력공신 대광보국숭록대부
의정부 영의정 겸 영경영 홍문관 춘추관
관상감사
덕풍부원군 충무공 덕수이씨 12세손 덕암
여해(德岩 汝該) 이순신(李舜臣)
옥포해전 합포해전 적진포해전 사천해전
당포해전 당항포해전 율포해전
한산도해전 안골포해전 장림포해전
절영도해전 초량목해전 부산포해전
웅포해전 장문포해전 영등포해전

장문포해전 명량해전 절이도해전
장도해전 노량해전
23전 23승 아니 실제로는 60전 60승
충청남도 아산시 음봉면 고룡산로 12-37
큰 칼 놓고 쉬시는 당신
되뇌이며 가셨을 이름 유성룡 윤두수
권율 원균 전하
먼저 전사한 사랑하는 아들 면 그리고
장군의 마지막 체온을 받은 조카 완

한산섬 달 밝은 밤 수루에 혼자앉아
큰 칼 옆에 차고 깊은 시름하는 적에
어디서 일성호가는 나의 애를 끓나니

현충사 은행나무 145미터 과녁은 숲에
가려지고
매일생한불매향(梅一生寒不賣香)
현충매는
영원불멸 장군의 애민 봄되면 피시느니
진도 울돌목 철쇄 묶어 당겼던 그 고리
잊어버린 우매한 우리에게 하늘은
그러면 안 된다 그 일을 잊어버리면 못 쓴다

언제쯤
뇌성벽력 일깨워 주실 것이다
오!
단군이 세워주신 나라 지켜주신 장군님
성웅 이순신 장군님
우리에게 하늘이신 장군님

참고)
SNS 명량대첩 기록
드라마 불멸의 이순신
KBS 역사스페셜 명량대첩